비밀요원 레너드
우리말 사무소

글 이향안

나만의 빛깔을 담은 동화를 꿈꾸는 작가예요. 《별난반점 헬멧뚱과 x사건》으로 웅진주니어 문학상 장편 대상을 받았어요. 지금까지 《그 여름의 덤더디》, 《귀신 학교》, 앵무새 초록》, 《팥쥐 일기》 등의 동화책과 《마법 시장》, 《김장》 등의 그림책에 글을 썼어요.

그림 라임스튜디오

오렌지처럼 상큼달달한 꿈을 그리는 작가입니다. 《좀비고등학교 코믹스》, 《민쩌미의 쩜그레》, 《테일즈런너 직업체험》, 《난 꼭 살아남을 거야!》 등 수많은 어린이 책에 그림을 그렸습니다.

글 이향안
그림 라임스튜디오

등장인물

레너드

시크릿 에이전시의 천재 요원.
표현력이 좋고 우리말 실력도 두루 뛰어나다.
심심할 땐 속담이나 관용어 책을 보며
다른 사람에게 써먹는 취미가 있다.

룰라송

레너드 요원과 찰떡 호흡을 자랑하는 요원.
어릴 때 서당에서 예절 교육을 받아서
고사성어와 높임말을 완벽하게 구사한다.

윌리엄

레너드 요원의 오랜 친구.
영국 귀족 출신으로 우리말 실력이 엉망이라
윌리엄이 뱉고 쓰는 말은 모두 엉뚱하다.

책방 할아버지

책방을 운영하지만 사실 책은 별로 읽지 않는다.
우리말을 바르게 쓰기보다 신조어를 좋아하는
힙합 마니아.

푸푸

책방 할아버지의 손주. 똘똘하고 총명하다.
태어날 때부터 책에 파묻혀 자라서
어린 꼬마지만 우리말 박사!

차례

1 · 고사성어 ·
왕거미 산적의 보물 지도 … 7

2 · 고유어 ·
꽃신을 찾아 줘! … 37

3 · 관용어 ·
윌리엄의 오해 … 67

4 · 맞춤법 ·
공포의 요리 교실 … 97

1장

• 고사성어 •

왕거미 산적의 보물 지도

“윌리엄 님! 윌리엄 님!”

어느 평화로운 오후, 룰라송 요원이 윌리엄을 찾아왔어.

“룰라송? 웬일이야?”

“윌리엄 님은 오래된 물건에 관해 잘 아시죠? 창고를 정리하다가 이상한 걸 발견했는데, 혹시 윌리엄 님이 아실까 해서요.”

나무통 안에는 둘둘 말린 종이가 들어 있었어. 아주 오래되어 색이 바래고 가장자리가 해진 종이였지.

당장 레너드를 데려와!
이건 우리끼리
해결할 수 있는 일이 아니야.
명탐정이 필요해!

네! 지금 바로
출발할게요!

룰라송 요원은 황급히 레너드 요원의 집으로 갔어.

레너드 요원님!

쾅

쾅

쾅

이번에는
작심삼일이 되지 않게
열심히 해야지.

헉

헉

룰라송 요원은 레너드 요원을 보자마자 다급하게 말했어.

"윌리엄 님이 레너드 요원님을 모셔 오래요."

"무슨 일인데?"

"제가 창고에서 찾은 물건을 윌리엄 님께 보여드렸거든요. 그걸 보고 눈이 커지시더니, 명탐정이 필요하다고 하셨어요."

레너드 요원은 룰라송 요원을 따라나섰어.

레너드 요원은 윌리엄의 집까지 한걸음에 달렸어.

"윌리엄! 무슨 일이야?"

레너드 요원이 도착했을 때, 윌리엄은 진지한 표정으로 종이를 보고 있었어.

"모두 모였으니까 진실을 말해 줄게. 이건 지도야!"

윌리엄이 레너드 요원과 룰라송 요원 앞에 지도를 펼쳐 보였어.

"지도요? 무슨 지도요?

"바로 보물 지도!"

윌리엄은 의미심장한 표정으로 말했어. 윌리엄의 눈빛은 날카롭고 목소리도 무거웠어.

"자, 지도의 뒷장을 봐!"

"왕거미 산적은 조선의 산적 대장이야. 주로 양반들의 보물을 빼앗았다고 하지. 그의 도둑질은 점점 대담해져서 급기야는 왕의 보물에까지 손을 대었대."

"왕은 화가 잔뜩 났어. 전국에 왕거미 산적을 찾는 종이가 붙었지. 서울을 중심으로 활동하던 왕거미 산적은 왕의 감시를 피해 경주로 갔어."

"왕거미 산적은 경주도 안전하지 않다고 생각하고, 조선을 벗어나기로 마음먹었어. 그렇게 왕거미 산적과 그의 부하들은 배에 몸을 실었지."

“왕거미 산적이 무인도에서 쉬고 있을 때였어. 평소 보물 지도를 호시깜깜 노리고 있던 그의 부하는 왕거미 산적이 잠들 때까지 기다렸어.”

“윌리엄, 남의 것을 빼앗기 위해 기회를 엿보는 건 호시탐탐이라고 해.”

윌리엄은 레너드 요원을 흘겨보곤 이야길 이어 갔어.

“부하는 왕거미 산적의 보물을 훔쳐 달아났지.”

“배은망덕한 부하네요!”

“아니야. 부하는 못된 배신자야.”

“배은망덕이 그말이에요.”

“그, 그래? 아무튼 부하는 끝내 보물 지도를 손에 넣지 못했어. 폭풍우 치는 밤, 번개에 맞아 죽었거든.”

"그 후로 보물 지도를 본 사람이 없었는데, 바로 지금 우리 앞에 나타났다는 말씀! 흐흐흐!"

"혹시… 우리 조상님 중에 산적이 있었던 걸까요?"

룰라송 요원이 몸서리를 치며 레너드 요원을 보았어.

"이게 왜 룰라송의 창고에 있었는지는 알 수 없어. 전설이 맞다면 폭풍우 치는 밤 지도는 산적들 손을 떠났으니까."

"암호 같은 그림만 있을 뿐, 정확한 위치는 나와 있지 않잖아."

"연못과 노란 용이라…. 익숙한 조합이긴 한데."

레너드 요원은 핸드폰으로 빠르게 검색을 시작했어. 이내 무언가를 발견한 듯 룰라송 요원과 윌리엄에게 자신이 찾은 것을 보여 주었지.

셋은 기차를 타고 경주로 향했어. 그리고 황룡사가 있다는 곳에 도착했지. 그런데 절은 없고 빈터만 있는 거야.

윌리엄은 왠지 수상해 보이는 낙엽 더미를 파헤쳤어.

"찾았다!"

"앗! 윌리엄, 보물을 찾았어?"

이번에도 신라 시대 유적지인가?
구름과 계단? 이 신라 시대 사람은 누구지?
경주에 신라 시대 유적지가 얼마나 많은데요.

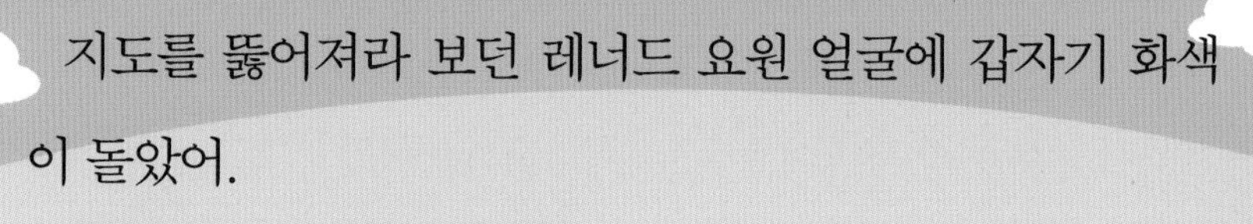

지도를 뚫어져라 보던 레너드 요원 얼굴에 갑자기 화색이 돌았어.

"알았다! 불국사로 가자!"

룰라송 요원도 답을 찾은 표정이었어.

불국사에 도착했어. 레너드 요원은 왜 불국사라고 생각했을까?

“지도에 그려진 사람은 김대성이었어!”

“김대성이라고? 레너드, 경주에 있는 자네 친구라도 되는 거야? 그 친구가 도와주겠대?”

“김대성은 신라 시대 사람이야. 부모님을 위해 이 불국사를 지었대.”

"불국사는 세계문화유산으로 지정됐을 만큼 유명해요."

"지도 속 구름과 계단은 바로 불국사의 청운교와 백운교였던 거고!"

레너드 요원이 자신만만하게 외쳤어. 룰라송 요원도 뿌듯한 표정으로 말했지.

"역시 레너드 탐정님 추리는 백발백중이에요!"

하지만 이번에도 보물 같은 건 없었어.

"세 번째 보물 지도가 여기 있을 거야. 황룡사지에서 이 두 번째 보물 지도를 찾았던 것처럼 말이야."

레너드 요원이 보물 지도를 흔들었어. 그때, 룰라송 요원이 레너드 요원이 들고 있는 지도에서 무언가를 발견했어.

"여기 뒷장에도 문구가 있어요!"

레너드!
룰라송! 이것 봐!
마지막 보물 지도야!

윌리엄은 빠르게 보물 지도를 펼쳤어. 그런데 이번에는 지도가 아니었어. 왕거미 산적이 쓴 일기였지. 일기는 오래돼서 군데군데 글자가 지워져 있었어. 왕거미 산적의 일기 속 지워진 부분에 들어갈 고사성어를 찾아 봐!

"왕거미 산적은 상전벽해로 변하는 세상에 안타까움을 느꼈던 것 같아."

레너드 요원이 말했어. 룰라송 요원도 왕거미 산적의 진심에 감동을 받았지.

"뭐야, 무슨 내용인데? 보물이 어디 있다는 거야."

값비싸고 귀한 보물은 없었어. 왕거미 산적이 모두 백성들에게 나누어 주었으니 말이야. 그렇다면 이 지도들은 뭘까? 왕거미 산적은 왜 이 지도를 남겼을까?

진짜 보물을 찾고 싶어?
정말?
한 번 더 생각해 봐. 좋아.
보물이 있는 곳을 알려 주지.
물위에 비친 달처럼
은은하게 빛나는 길을 따라
나는 보물을 찾으러 갔지.
자, 이제 다 왔어!
신나지? 어서 보물을 확인해 봐!

지도 세 장을 나란히 펼쳐 드니, 수수께끼 같던 글 속에서 눈에 띄는 게 있었어. 레너드 요원은 글의 앞 글자만 따서 읽어 보았지.

"진정한 보물은 나 자신."

룰라송 요원이 고개를 끄덕였어.

"왕거미 산적이 발견한 진짜 보물은 나 자신이었던 거예요. 맞아요. 자기 신념을 잃지 않는 것이 가장 중요하죠."

"그럼 보물은? 보석이랑 골동품 같은 건 없는 거야?"

아무 보람이나 실속 없는
한바탕 꿈이었단 뜻이에요.
아무렴 어때요. 우리 자신이야말로
진짜 보물인걸요.

우리말 사무소

고사성어는 옛이야기에서 생겨난 한자로 된 말이야. 조상들의 지혜를 배워 보자.

작심삼일 (作 지을 작 心 마음 심 三 석 삼 日 날 일)

: 단단히 마음먹었지만, 그 마음이 사흘을 가지 못한다는 뜻이야. 결심이 굳지 못하여 마음먹은 일을 금방 포기해 버릴 때 써.

예 새해에 운동을 하겠다는 결심은 작심삼일로 끝나 버렸다.

호시탐탐 (虎 범 호 視 볼 시 眈 노려볼 탐 眈 노려볼 탐)

: 호랑이가 눈을 부릅뜨고 먹이를 노려본다는 뜻으로, 남의 것을 빼앗기 위해 기회를 엿보는 모양을 말하지.

예 장군은 적들을 공격할 기회를 호시탐탐 노렸어.

배은망덕 (背 등 배 恩 은혜 은 忘 잊을 망 德 덕 덕)

: 다른 사람에게 입은 은혜를 저버리고 배신하는 태도를 말해.

예 그 애는 도와준 친구를 모른 체한 배은망덕한 사람이야.

오매불망 (寤 깰 오 寐 잠잘 매 不 아닐 불 忘 잊을 망)

: 자나 깨나 잊지 못함을 뜻해. 보통 그리워하거나 몹시 기다리는 대상이 있을 때 쓰는 말이지.

예 윌리엄은 크리스마스에 산타 할아버지를 오매불망 기다렸어.

백발백중 (百 일백 백 發 필 발 百 일백 백 中 가운데 중)

: 백 번 쏘아 백 번 다 맞힌다는 뜻이야. 총이나 활을 쏘는 족족 겨눈 곳에 다 맞았을 때나, 무슨 일이든 잘 들어맞을 때 써.

예 푸푸는 어려운 우리말 문제도 백발백중으로 알아맞히지.

격세지감 (隔 막을 격 世 세대 세 之 갈 지 感 느낄 감)

: 변화가 커서 다른 세상이 된 것 같은 느낌을 말해. 사회의 모습이나 사람들의 사고방식이 바뀌어서 마치 딴 세상처럼 느껴지는 것이지.

예 오랜만에 친구들을 만나니 격세지감을 느껴.

설상가상 (雪 눈 설 上 위 상 加 더할 가 霜 서리 상)

: 눈 위에 서리가 덮이는 것처럼 안 좋은 일이 계속해서 일어날 때 쓰는 말이야.

예 늦잠을 잤는데 설상가상으로 비까지 와 지각을 하고 말았어.

상전벽해 (桑 뽕나무 상 田 밭 전 碧 푸를 벽 海 바다 해)

: 뽕나무밭이 푸른 바다가 된다는 뜻이야. 엄청난 변화지? 이처럼 세상이 몰라볼 정도로 심하게 변하였을 때 써.

예 우리 동네는 상전벽해라는 말이 어울릴 만큼 크게 변했어.

일장춘몽 (一 하나 일 場 마당 장 春 봄 춘 夢 꿈 몽)

: 한바탕의 봄 꿈을 말해. 짧게 왔다 가는 봄날의 꿈처럼 허무하고 의미 없는 행운이나 일을 가리키지.

예 지난날 여행지에서 보낸 시간이 일장춘몽 같아.

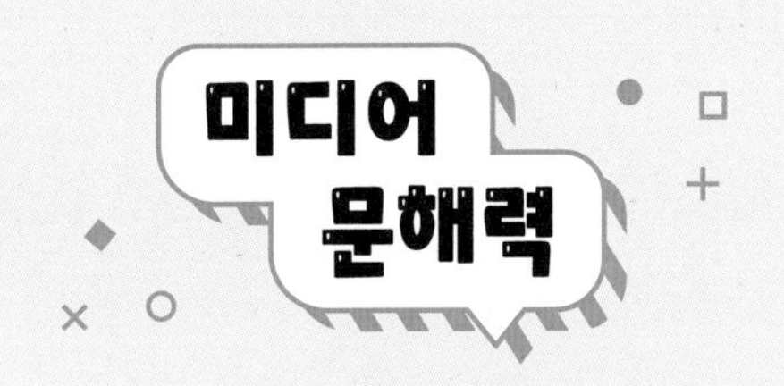

레너드 요원은 소풍 갈 때 가져갈 음료를 찾고 있었어.
마침 텔레비전에서 포도 주스 광고가 나왔지.

Q 다음 중 포도 주스에 관한 설명으로 틀린 것을 골라 봐.

① 설탕을 넣지 않았어.

② 물을 마시는 것과 비슷한 효과를 볼 수 있어.

③ 포도 알맹이가 들어 있어.

④ 햇빛이 곧게 내리쬐지 않는 곳에 둬야 돼.

2장

• 고유어 •

꽃신을 찾아 줘!

딩동!

경쾌한 초인종 소리에 윌리엄은 후다닥 현관문 앞으로 뛰어갔어.

"히야! 드디어 왔구나!"

지난주에 인터넷 쇼핑을 했거든. 그때 주문한 물건들이 도착한 거야.

아이쿠!
엉덩이야!
누, 누구야?
대문도 잠겨 있는데
어디로 들어온 거야!

윌리엄은 자기 집 뒷마당에 난데없이 나타난 소녀를 향해 소리쳤어. 소녀는 그제야 윌리엄을 발견하고 화들짝 놀랐지. 그러고는 윌리엄을 머리끝에서부터 발끝까지 천천히 살피며 고개를 갸웃했어.

"그쪽은 누구세요? 단정하지 못한 더벅머리 하며 도깨비 같은 차림새며…. 정말 이상하네요."

"뭐? 보들보들 샴푸로 매일 관리하는데 내 머리가 어떻다는 거야? 그리고 도깨비라니!"

윌리엄의 눈에는 소녀가 더 수상해 보였어. 그래서 레너드 요원에게 문자 메시지를 보냈어.

레너드 요원은 소녀에게 다가가 조심스레 물었어.

"이름이 뭐예요?"

레너드 요원은 심각한 표정이 되었어.

"그럼 예진 아씨가 어쩌다 여기까지 오게 됐는지 설명해 줄 수 있나요?"

"어머니가 새로 사 주신 꽃신이라 꼭 찾아야 하는데…. 혹시 꽃신 못 보셨어요? 그런데 방금 도깨비 님이 하신 말씀을 듣자 하니 여기가 조선이 아니란 건가요?"

쉴 새 없이 질문을 해대는 예진 아씨의 얼굴엔 불안함이 가득했어. 꽃신을 잃어버린 것도 속상한데 낯선 곳에 떨어졌으니, 예진 아씨는 무서웠을 거야.

레너드 요원과 윌리엄은 예진 아씨의 꽃신을 찾기 위해 다시 마당으로 나갔어. 마당 구석구석을 뒤져 보았지만, 꽃신 같은 건 보이지 않았지.
"마당이 아닐 수도 있어. 집 밖에서 찾아 보자."
요요! 레너드! 윌리엄! 뭘 찾고 있죠? 우리도 같이 찾아 주겠쇼!
대신 찾는 사람이 임자요!

레너드 요원은 책방 할아버지와 푸푸에게 자초지종을 설명했어. 예진 아씨도 소개시켜 주었어. 얘기를 들은 할아버지의 눈이 휘둥그레졌어.

"예진 아씨라고? 옛날식 호칭과 조선 시대 스타일! 게다가 꽃신을 찾아야 한다? 이건…!"

"할아버지 뭐 아는 거라도 있으세요?"

"레너드, 탐정이 이것도 몰라? 헛똑똑이구나!"

하지만 아무도 할아버지 말을 믿지 않았어.

"할아버지는 정말 엉뚱하시다니까! 예진 아씨는 그냥 길을 잃은 거예요. 꽃신 찾아 주고, 경찰서에 데려다주면 된다고요."

윌리엄이 코웃음을 쳤지. 할아버지는 발끈했어.

"다들 내 말을 무시하는군. 그럼 내가 증명해 보이지."

"어떻게요?"

저 조각하늘
좀 보거라. 아름답지 않니?

조각하늘은 아니죠.
큰 뭉게구름
한두 개뿐인걸요?

조각하늘은
또 뭐람.

온통 구름으로 덮인
가운데 빼꼼히 보이는 하늘을
말해요.

뭉게구름은
뭉게뭉게 피어올라 그 모양이
뚜렷한 구름을 말하지.

얘야, 너희 집에도 뒤란이 있니?
그럼요! 밤이면 뒤란에서 별숲을 보곤 했어요.
배고프지? 옆 마을 번화가에 칼국수 집이 있단다. 거긴 칼국수도 맛있지만, 깍두기가 알근달근하고 맛있어.
저도 맵고 달짝지근한 깍두기 좋아해요!
어린아이가 고유어를 이렇게 잘 알다니!
으으. 이게 무슨 외계어들이야!

할아버지는 레너드 요원에게 속삭였어.
"봐라. 조선 시대에서 온 게 확실하다니까."
"하지만 시간 여행은 과학적으로 설명이 안 돼요."
때마침 예진 아씨 배에서 꼬르륵 소리가 났어.
"말 나온 김에 칼국수 먹으러 가자! 옆 마을에 있는 왕왕 칼국수 집으로 출발!"
저게 뭐죠?
말수레도 가마도 아닌 것이
움직여요! 저 높은 탑들 좀 보세요.
하늘에 닿겠어요.

할아버지가 신나는 목소리로 말했어. 레너드 요원도 출출하던 참이었기에 할아버지를 따라나섰어. 옆 마을 번화가에 도착했을 때였어.
자동차와 빌딩을 처음 보는 사람 같아. 할아버지 말이 맞는 걸까?
왕왕 칼국수

왕왕칼국수의 칼국수는 정말 맛있었어. 할아버지 말처럼 깍두기도 달큼하니 입맛을 끌어당겼지. 예진 아씨도 배가 고팠는지 허겁지겁 칼국수를 먹었어. 그런데 칼국수 한 그릇을 깨끗하게 비우고는 갑자기 울기 시작하지 뭐야.

칼국수를 먹은 뒤, 모두 윌리엄의 집으로 갔어. 윌리엄은 집에 도착하자마자 핸드폰을 들었어.

"경찰서에 신고해야겠어요. 길 잃은 아이가 있다고요."

책방 할아버지가 의미심장하게 말했어.

"그렇게 해서는 평생 집에 돌아갈 수 없을걸? 시간 여행자가 다시 자기 세계로 돌아가는 방법은 따로 있거든."

"그게 뭔데요?"

레너드 요원이 묻자 할아버지는 괜스레 주변을 살피더니 목소리를 낮추었어.

"왜 하필 윌리엄네 마당이었을까? 그 이유를 알아내야 해. 그게 다시 돌아갈 방법을 찾는 열쇠가 될 거야."

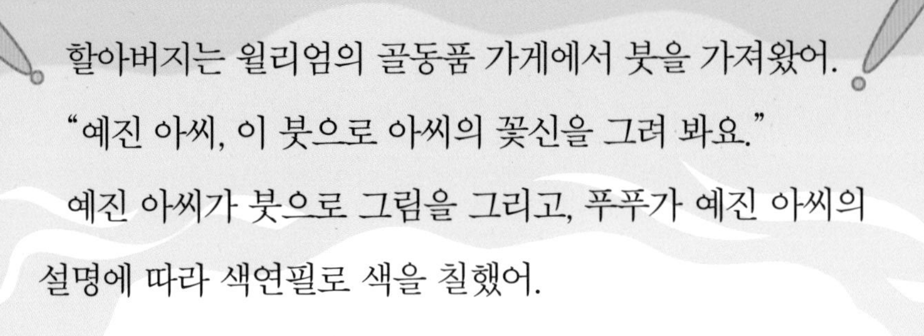

할아버지는 윌리엄의 골동품 가게에서 붓을 가져왔어.

"예진 아씨, 이 붓으로 아씨의 꽃신을 그려 봐요."

예진 아씨가 붓으로 그림을 그리고, 푸푸가 예진 아씨의 설명에 따라 색연필로 색을 칠했어.

레너드 요원은 예진 아씨가 그린 그림을 가지고 다시 추리를 시작했어.

"예진 아씨, 우리 레너드 탐정님을 믿어 봐요."

푸푸가 예진 아씨에게 바투 다가서며 말했어.

윌리엄네 뒷마당 곳곳을 살펴보았지만 예진 아씨의 꽃신은 찾을 수 없었어. 어느새 해도 완전히 저물었어.

월리엄이 오늘 아침에 받은 택배 상자들이야. 상자 속 빈칸에 들어갈 고유어를 단어판에서 찾아 연결해 보자.

윌리엄은 아침에 받은 택배 상자를 하나씩 뜯었어. 첫 번째 상자에 심심당 빵이 있었지. 다들 빵을 하나씩 집어 들었어. 예진 아씨도 처음 먹는 빵이 입맛에 맞아 보였어. 그리고 두 번째 상자에는 겨울에 따뜻하게 입을 수 있는 겨울 잠옷이 들어 있었어.

"윌리엄, 여기엔 뭐가 든 거야?"

레너드 요원이 묻자 윌리엄은 뿌듯한 표정으로 마지막 상자를 열었어.

파앗
night wear

상자 안에 든 건 예진 아씨가 애타게 찾던 꽃신이었어! 예진 아씨는 얼른 꽃신을 꺼내 신어 보았어.

"딱 맞아요. 제 꽃신이에요!"

다들 놀란 표정으로 예진 아씨를 바라보았어. 할아버지만 그럴 줄 알았다는 표정으로 고개를 끄덕였지.

"예진 아씨가 잃어버린 꽃신이 여기서 저기로 저기서 여기로 계속 전해지다가 골동품이 되어 윌리엄한테까지 왔구먼."

"그럼 예진 아씨는 진짜 조선 시대 사람…?"

레너드 요원의 눈이 커졌어.

"내가 계속 말했잖아. 시간 여행을 온 거라고."

"어떻게 시간 여행을 할 수 있었던 거죠? 조선 시대에 타임머신이 있었나요?"

"현대에도 없는데 조선 시대에 그런 게 있었을 리가요."

푸푸가 말했어. 그건 예진 아씨도 몰랐어. 그저 꽃신을 찾다 언덕에서 넘어졌을 뿐이었지.

갑자기 윌리엄네 거실이 흔들리면서 벽에 금이 가기 시작했어. 그러더니 커다란 구멍이 생겼어. 구멍 너머는 끝이 보이지 않을 정도로 까마득했지. 마치 시간의 문 같았어. 예진 아씨는 시간의 문을 향해 힘차게 달려 나갔어.

아무래도 푸푸는 하루 사이 예진 아씨와 정이 많이 든 모양이야. 눈물까지 흘리며 슬퍼했거든. 레너드 요원과 윌리엄은 푸푸를 위로했어.

할아버지 말이 맞았어. 예진 아씨는 조선 시대에서 온 시간 여행자였어. 예진 아씨 초상화는 푸푸가 간직하기로 했지. 그날 밤, 레너드 요원은 생각했어.

우리말 사무소

고유어는 외국에서 들어온 외래어, 한자어와 달리 원래부터 쓰이던 우리말이야. 그래서 순우리말이라고도 하지.

꼼수

: 하찮고 시시한 수단이나 방법을 말해.

예 꼼수 부리지 말고 정정당당하게 대결하자.

헛똑똑이

: 겉으로 아는 것이 많아 보이지만, 정작 중요한 것은 모르거나 판단을 제대로 하지 못하는 사람을 가리키는 말이야.

예 영어는 잘하는데 정작 우리말을 못하는 걸 보니 헛똑똑이구나.

뒤란

: 집 뒤, 울타리 안을 말해. 뒷마당으로 이해하면 쉬워.

예 봄이 오자 윌리엄은 뒤란을 꾸몄어.

별숲

: 별들이 총총 떠 있는 하늘을 말해.

예 룰라송은 캠핑장에 누워 별숲을 바라보았어.

알근달근하다

: 살짝 매우면서 달짝지근한 맛이 날 때, '알근달근하다'라고 해.

예 우리 동네 닭강정은 알근달근하니 맛있어.

달큼하다

: 알근달근하다와 마찬가지로 맛을 표현할 때 쓰는 말이야. 입에 당기는 맛을 '감칠맛'이라고 하는데, 감칠맛 있게 달다는 뜻이지.

예 책방 할아버지가 담근 김치는 맵지 않고 달큼했어.

바투

: 두 대상의 거리가 썩 가까울 때, 또는 길이나 주어진 시간이 아주 짧을 때 쓰는 말이야.

예 윌리엄은 레너드에게 바투 다가가 속삭였어.

달곰하다

: 감칠맛이 있게 달다는 뜻이야.

예 나물을 계속 씹다 보면 달곰한 맛이 나.

보드레하다

: 꽤 보드라운 느낌을 말해. '달보드레하다'라는 말도 있는데, 이건 약간 달달한 맛을 표현할 때 쓰이지.

예 우리 엄마 손은 아주 보드레했다.

갈무리

: 물건을 잘 정리하거나 보관하는 것을 '갈무리한다'고 해. 일을 잘 마무리한다는 뜻도 있고, 컴퓨터나 핸드폰 화면에 보이는 내용을 파일 형태로 저장한다는 뜻도 있어.

예 그동안 모은 엽서들을 갈무리해 두었어.

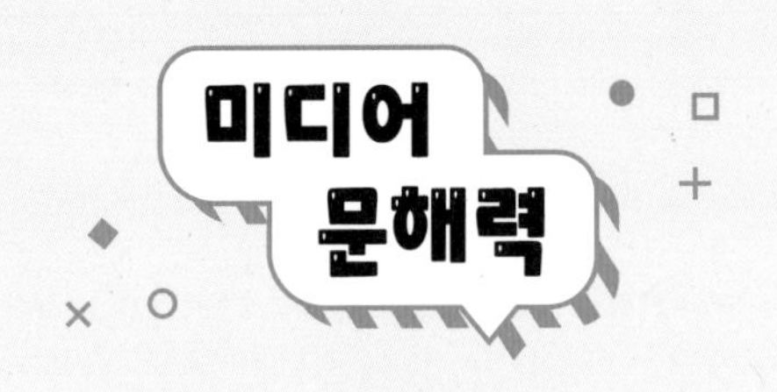

낭만 책방에서 독후감 대회를 열었어.
독후감을 잘 쓴 사람을 뽑아 책과 상품을 주었지.
대회가 끝나고, 푸푸는 낭만 책방 SNS에 글을 올렸어.

낭만
책방

낭만 책방
@romantic_book_official

안녕하세요. 낭만 책방입니다. 지난달에 있었던 <낭만 독후감 대회>는 여러분의 뜨거운 성원에 힘입어 성황리에 끝이 났습니다. 참여해 주신 모든 분께 심심한 감사를 드립니다. 대회는 분기마다 있을 예정이니, 그때 또 참여해 주세요. 다음 대회 일정은 추후 공지하겠습니다.

Q 낭만 책방 공지를 맞게 이해한 것을 찾아 봐.

① 낭만 독후감 대회에 관심을 보이는 사람은 없었어.
② 심심한 감사는 깊은 마음을 담아 건네는 감사를 말해.
③ 대회는 1년에 한 번씩만 열릴 거야.
④ 다음 대회가 열리는 날짜는 이미 알려 줬어.

3장

•관용어•

윌리엄의 오해

윌리엄은 민트 초코 케이크를 들고 어딘가로 향했어.

"이벤트에 당첨돼서 좋아했더니, 민트 초코 케이크를 상품으로 주다니. 이 치약 맛 케이크를 맛있게 먹을 사람은 레너드밖에 없지. 레너드한테 갖다 주자."

윌리엄은 방금 자신이 들은 대화를 곱씹었어.

“레너드가 비행기를 탄다고? 그래서 못… 본다고?”

윌리엄이 눈물을 휘날리며 달려간 곳은 낭만 책방이었어. 윌리엄은 책방 할아버지와 푸푸에게 레너드 요원의 소식을 전했지.

"레너드가 떠난대요. 비행기를 탄다는 걸로 봐선 아주 멀리 가는 게 분명해요. 이제 영영 못 보나 봐요."

책방은 순식간에 울음바다가 되었어.

"레너드가 떠나다니. 말도 안 돼."

"어쩐지 요즘 바빠 보이시더라고요. 떠날 준비를 하시느라 그랬나 봐요."

실컷 울고 난 뒤, 할아버지가 말했어.

"레너드가 떠난다는 사실을 지금까지 얘기하지 않았던 걸 보면, 우리에게 알리고 싶지 않았던 모양이야. 윌리엄아, 푸푸야, 우린 모르는 척 시침을 떼는 게 좋겠다."

윌리엄과 푸푸는 고개를 끄덕였어.

"맞아요, 할아버지. 레너드 님이 떠나기 전에 더 잘해 드려야겠어요."

윌리엄은 고민에 빠졌어. 가장 친한 친구로서 레너드 요원에게 누구보다 특별한 선물을 해 주고 싶었거든.

“레너드에게 줄 만한 게 있는지 찾아 봐야겠다!”

윌리엄은 집으로 달려가 자신이 가진 골동품을 모두 꺼내 놓았어.

월리엄이 고민하는 사이 책방 할아버지와 푸푸는 준비한 선물을 들고 레너드 요원의 집으로 갔어.
레너드를 보면 눈물이 나올 게 뻔해. 문 앞에 두고 가자.
늑
레너드 님께
똑
레너드 님께

레너드 요원은 선물을 가지고 집으로 들어왔어.

'갑자기 웬 선물? 누가 보낸 거지?'

선물 감사해요!
왜 얼굴도 안 보고
그냥 가셨어요.
떠나기 전까지
선물 왕창 해 줄게.
그렇다고 네가 떠난다는 건
아니고…. 아무튼 끊어!
뚱글
할아버지가 왜 이러시지?
생일도 아닌데 갑자기
선물을 주는 것도 이상하고.
뚜- 뚜-

이상한 점은 또 있었어. 할아버지, 푸푸, 윌리엄이 뭐든지 해 주겠다고 나섰거든.

그리고 레너드 요원 앞에 불쑥불쑥 나타났어. 하루는 할아버지가, 하루는 푸푸가, 하루는 윌리엄이 말이야.

참다못한 레너드 요원이 윌리엄에게 물었어.

"윌리엄 대체 왜 이래. 요즘 너랑 할아버지, 푸푸 모두 수상하게 군다고!"

"뭐가 수상하다는 거야. 우린 늘 레너드 자네에게 이렇게 다정했는데. 필요한 게 있으면 말만 하라니까. 내가 바지 걷어붙이고 나설 테니!"

"바지가 아니라 소매를 걷어붙이는 거겠지. 적극적으로 나선다는 뜻의 소매를 걷어붙이다!"

"소매든 바지든 그게 중요해? 나는 너를 볼 날이 얼마 남지 않았으니 잘해 주려… 흑! 먼저 가 볼게!"

윌리엄은 눈물을 감추며 황급히 사라졌어.

레너드 요원은 룰라송 요원에게 전화했어. 그리고 그간 있었던 일을 털어놓았지. 할아버지와 푸푸의 선물부터 윌리엄의 눈물까지 모두 말이야.

"흠…. 정말 이상하네요. 모두 레너드 요원님한테 지나치게 잘해 줘요. 마치 마지막인 것처럼요."

"맞아! 윌리엄이 그러더라고. 나를 볼 날이 얼마 남지 않았다고. 룰라송, 어떻게 알았어?"

룰라송 요원은 곧장 낭만 책방으로 갔어. 손님이 하나도 없는 책방에는 파리만 날렸어. 할아버지는 소파에 앉아 늘어지게 하품을 하고 푸푸는 책을 읽고 있었어.

"할아버지! 푸푸! 저 왔어요!"

두 사람은 룰라송 요원을 반갑게 맞아 주었어. 룰라송 요원은 바로 레너드 요원 얘기를 꺼냈어. 할아버지와 푸푸가 레너드 요원 얘기에 어떻게 반응하는지 궁금했거든.

"그런데 레너드 탐정님이요…."

"레너드? 요즘 레너드 이름만 들어도 콧등이 새콤해져."

"눈물이 나오려 한다는 거죠? 그건 콧등이 시큰하다고 해요. 새콤이 아니라요."

룰라송 요원은 귀를 의심했어.

“제가 잘못 들은 거죠? 레너드 탐정님이 떠난다고요?”

“윌리엄이 지난주에 레너드 집에 갔다가 너랑 레너드가 하는 대화를 들었대. 레너드가 비행기를 타고 아주 멀리 떠난다며. 우리가 슬퍼할까 봐 지금껏 숨긴 것도 다 알아.”

어느새 푸푸는 꺼이꺼이 소리 내어 울기 시작했어.

룰라송 요원은 할아버지와 푸푸에게 진실을 알려 주었어.
레너드 요원님 그날 정말 대단하셨어요. 비도 오는데 용감하게 출동하셨잖아요.
비행기 태우지 마, 룰라송. 그나저나 비 오는 날 너무 무리하는 게 아니었어. 감기에 걸릴 게 뻔한데 한 치 앞을 못 보고 행동했어.
그럼 레너드가 떠나는 게 아니야?
윌리엄 님이 또 관용어를 잘못 이해하신 거라고요?
이러쿵
저러쿵

같은 시각, 레너드 요원은 쉴새 없이 쏟아지는 윌리엄의 문자 메시지 세례에 정신이 없었어.

레너드 요원은 윌리엄의 성화에 지쳐 일부러 구하기 어려운 물건을 말해 버렸지.

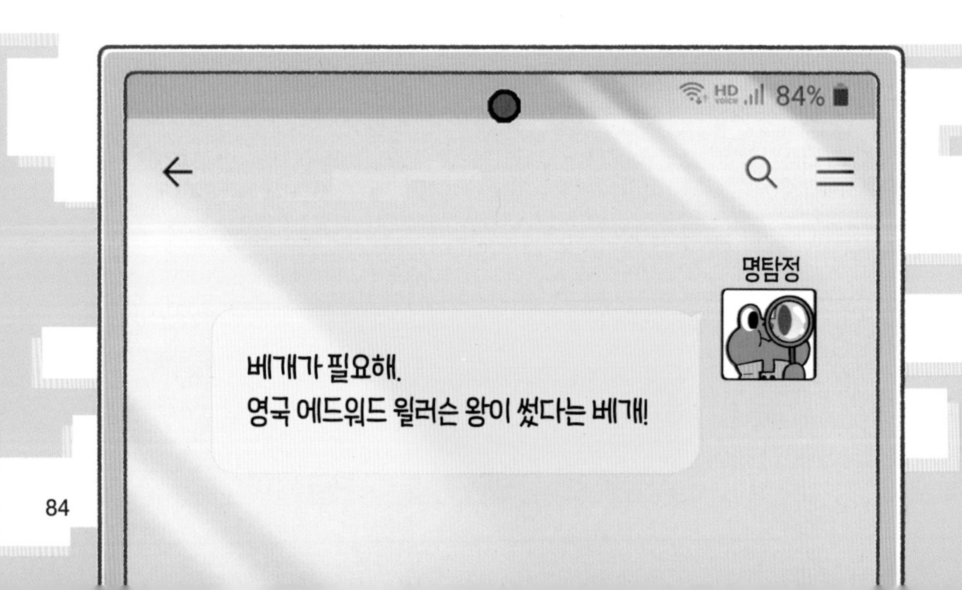

룰라송 요원은 레너드 요원의 집으로 달려와 윌리엄의 오해로 시작된 소문을 알려 주었어.

레너드 요원은 문득 윌리엄에게 엄청나게 귀한 '에드워드 윌러슨 왕의 베개'를 구해 달라고 했던 게 떠올랐어.

"나는 그것도 모르고…. 윌리엄이 자꾸 가지고 싶은 게 뭐냐고 묻기에 구하기 어려운 베개를 말해 버렸어."

"그래도 레너드 요원님을 생각하는 윌리엄 님 마음이 따뜻하네요."

"윌리엄한테 전화해서 오해를 풀어야겠다."

일주일이 지났지만 윌리엄은 연락이 여전히 되지 않았어. 레너드 요원은 매우 속이 탔지.
집에도 없어. 도대체 윌리엄은 어디로 간 걸까?
책방 할아버지랑 푸푸도 윌리엄 님을 못 봤대요. 무슨 일이 생기신 걸까요?
레너드! 레너드!
쾅
쾅

레너드 요원은 자기 이름을 부르는 익숙한 목소리에 문을 열었어. 문 앞에는…!

윌리엄은 지난 일주일 동안 있었던 일을 말해 주었어. 에드워드 윌러슨 왕의 베개를 갖고 싶다는 레너드 요원의 메시지를 받자마자 윌리엄은 숨 돌릴 사이 없이 짐을 싸서 영국으로 갔어.

수소문한 끝에 귀하디귀한 에드워드 윌러슨 왕의 베개를 찾았지! 그런데 귀한 만큼 가격이 몹시 비쌌어. 결국 윌리엄은 가지고 있는 골동품 몇 개를 팔기로 했어.

골동품에 쓰여 있는 단어가 들어갈 자리로 알맞은 빈칸을 찾아, 윌리엄의 골동품 배송을 도와주자.

"레너드, 멀리서도 이 베개 볼 때마다 나를 생각해 줘. 너의 절친이자 기품이 넘치는 이웃이었던 나 윌리엄을…."

윌리엄의 눈가가 촉촉하게 젖었어. 레너드 요원도 윌리엄의 우정에 감동을 받아 눈물이 나올 것 같았어.

"윌리엄…. 나를 위해 영국까지 갔었던 거야? 감동이야. 고마워."

윌리엄은 베개 구할 돈을 마련하기 위해 팔았던 자신의 골동품들을 떠올렸어. 그리고 영국에서 베개를 찾기 위해 했던 고생도. 뒤통수를 맞은 기분이었지.

"레너드, 그 베개 다시 내 놔!"

우리말 사무소

관용어는 사람들이 습관적으로 쓰는 말이야. 보통 둘 이상의 단어가 합쳐져서 원래의 뜻과는 다르게 새로운 의미로 쓰이지. 관용어를 많이 알면 짧은 말로도 자기 생각을 잘 표현할 수 있어.

시침을 떼다

: 자기가 한 일을 하지 않은 체하거나 알고 있는 것을 모르는 체하는 태도를 말해.

예 윌리엄은 레너드의 젤리를 몰래 먹고 시침을 뗐다.

척하면 삼천리

: 말하지 않아도 상대편의 의도나 돌아가는 상황을 재빠르게 눈치챘을 때, '척하면 삼천리'라는 말을 써.

예 레너드는 척하면 삼천리로 범인을 찾아냈다.

파리를 날리다

: 가게에 손님이 없거나 사업이 안되어 한가한 상태를 비유적으로 이르는 말이야.

예 새로 생긴 떡볶이집은 파리만 날렸어.

콧등이 시큰하다

: 눈물이 나올 것 같을 때 콧등이 간질간질한 느낌을 받곤 해. 이처럼 어떤 일에 감격하거나 슬퍼서 눈물이 나오려 하는 상태를 '콧등이 시큰하다'라고 하지.

예 슬픈 영화를 보고 나니 콧등이 시큰했다.

비행기를 태우다

: 누군가를 지나치게 칭찬하거나 높이 추어올리는 것을 말해.

예 레너드의 칭찬에 푸푸는 비행기 태우지 말라며 겸손한 모습을 보였어.

귀를 의심하다

: 믿기 어려운 이야기를 들었을 때 쓰는 말이야. 자기가 맞게 들은 것이 맞는지 의심한다는 거지.

예 동생이 달리기 1등을 했다는 말에 귀를 의심했어.

달밤에 체조하다

: 상황이나 때에 맞지 않는 행동을 하는 것을 가리켜 '달밤에 체조하다'라고 해. 뜬금없는 행동을 핀잔하는 말로 쓰여.

예 윌리엄은 달밤에 체조하듯 밤중에 벌떡 일어나 책을 펼쳤어.

배가 등에 붙다

: 먹은 것이 없어 배가 홀쭉한 모습을 비유한 표현이야. 배가 등과 맞닿을 만큼 몹시 허기지다는 뜻이지.

예 하루 종일 아무것도 먹지 못해 배가 등에 붙었어.

식은 죽 먹기

: 식은 죽을 먹는다고 상상해 봐. 뜨겁지도, 딱딱하지도 않으니 쉽게 먹을 수 있겠지? 이처럼 어떤 일을 아주 쉽게 해내는 모양을 말해.

예 줄넘기 100번은 식은 죽 먹기로 해낼 수 있어.

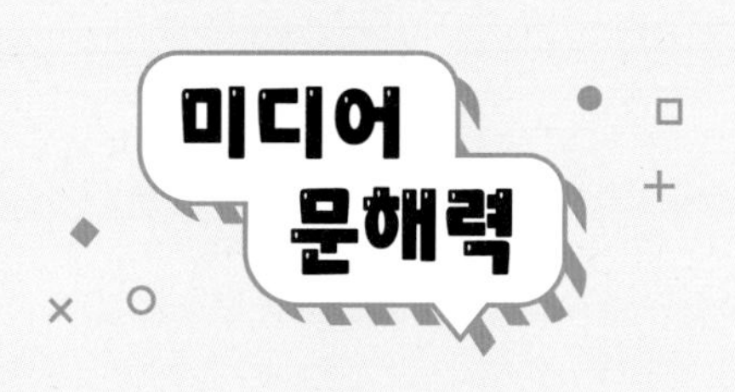

윌리엄은 지역 신문 기사에서 자기 이름을 발견했어.
지난주에 열린 마을 바자회에 관한 기사였지.

낭만일보

지난 10일 우리 마을에서 바자회가 열렸다. 올해로 20회를 맞은 바자회는 우리 마을을 대표하는 ①**유서** 깊은 행사 중 하나다.

특히 이번 바자회는 마을에서 골동품 가게를 운영하는 윌리엄 씨의 ②**후원**으로 열렸다. 윌리엄 씨는 다양한 골동품을 바자회에 내놓았다. 바자회 ③**수익금**은 모두 불우 이웃을 돕는 데 쓰일 예정이다.

Q 기사에 나온 말을 비슷한 뜻의 다른 말로 바꾸어 보았어. 틀리게 바꾼 것을 골라 봐.

① 유서 → 역사

② 후원 → 지원

③ 수익금 → 비용

4장

·맞춤법·

공포의 요리 교실

레너드 요원과 윌리엄은 요리를 배우기로 했어.
다양한 요리를 배울 수 있는 최고의 기회!
오다랑의 요리 교실
왜 민트 초코 국수는 안 파는 거야! 내가 요리를 배워서 직접 만들어 먹겠어!
난 요리에도 관심이 아주 많지. 이번에 골동품뿐만 아니라 요리도 마스터 하겠어!

레너드 요원과 윌리엄은 오다랑 요리 교실로 향했어. 수업이 시작되고, 오다랑 요리사가 들어왔지.

"안녕하세요? 오늘은 저 오다랑과 함께 최고급 딸기 케이크를 만들어 볼 거예요. 제가 얼마나 유명한 요리사인지는 다들 알고 있을 테니 자기소개는 하지 않을게요."

본격적으로 케이크를 만들기 시작했어. 레너드 요원과 윌리엄은 우왕좌왕하면서도 오다랑 요리사를 따라 열심히 케이크를 만들었어.

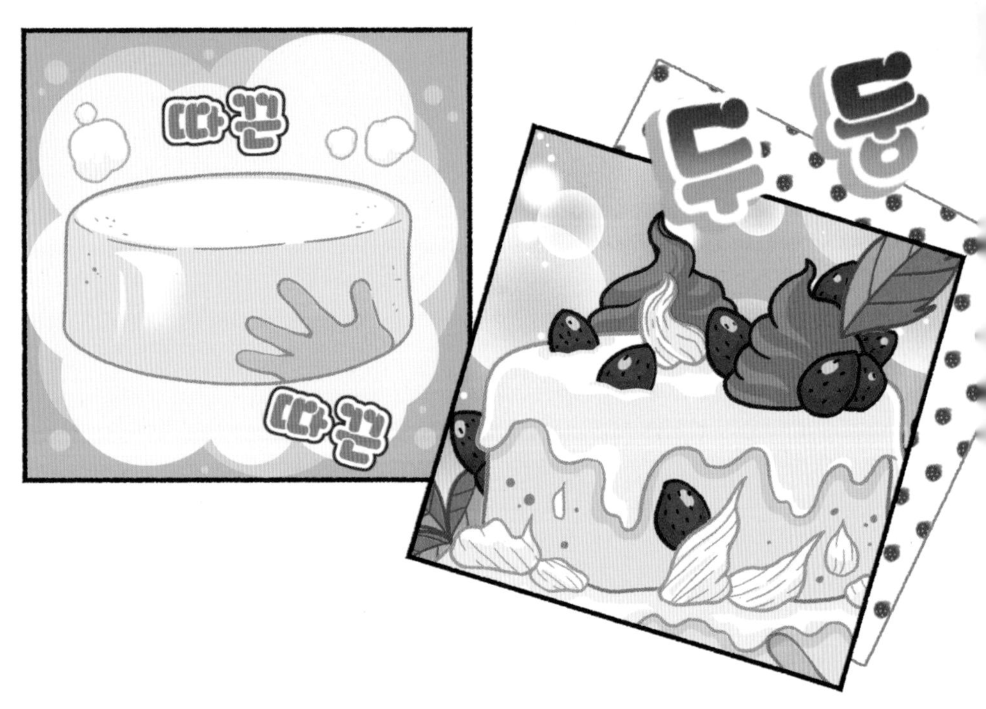

드디어 케이크 완성!
내 손바닥 케이크라니 감동이야.
윌리엄만 아니었어도 더 잘 만들 수 있었는데!

"뷰티풀! 엘레강스! 판타스틱!"

윌리엄은 케이크를 앞에 두고 감탄했어. 레너드 요원은 케이크에 침이 튄다며 그런 윌리엄을 핀잔했어.

'띠링~'

갑자기 레너드 요원의 핸드폰이 울렸어. 레너드 요원은 황급히 문자를 확인했지.

윌리엄

레너드, 말을 못 하게 하니 문자로 할게.
나 지금 기분이 아주 좋아.
오랫만에 한 요리치곤 결과물이 나쁘지 않아.

물론 아직 요리가 익숙치 않지만,
그래도 정말 열심히 했어.
내 손바닥이 찍힌 케이크라니, 너~무 멋있어!

그래서 말인데 레너드, 오늘 만든 이 케이크
내가 가져가면 안 될까?
고급 촛대에 불을 켜 놓고, 감미로운 음악을 틀고,
케이크를 먹으며 낭만을 즐기고 싶거든.

레너드~. 이번에는 나한테 양보해 줘~.
다음에 민트 초코 케이크를 만들면 내가 양보할게.

'케이크를 윌리엄이 다 가져가겠다고? 절대 안 돼! 게다가 맞춤법도 엉망이잖아!'

레너드 요원은 윌리엄에게 답장을 보냈어.

약이 오를 대로 오른 윌리엄이 소리를 질렀어.

“거기 두 사람! 뭐예요?”

오다랑이 레너드 요원과 윌리엄을 향해 물었어,

“감히 이 오다랑의 요리 교실에서 소란을 피우다니! 두 사람은 수업이 끝난 뒤, 가지 말고 남아 주세요.”

레너드 요원과 윌리엄은 수업이 끝나고 교실에 남았어. 둘은 그때까지도 서로를 노려보며 씩씩거렸지.

"고작 그 이유 때문에 싸운 거예요? 뭐, 오다랑의 특급 레시피로 만든 딸기 케이크라 욕심나는 건 이해해요."

레너드 요원과 윌리엄이 싸운 이유를 들은 오다랑의 표정이 아까보다 누그러졌어. 그리고 인심을 쓰듯 말했지.

"내가 만든 딸기 케이크를 줄 테니 하나씩 나눠 가져요. 너무 맛있어서 놀라지나 말아요."

오다랑은 불쾌한 기분을 애써 감추며 말했어.

"한 명이 오늘 만든 딸기 케이크를 갖고, 다른 한 명이 다음 수업에서 만든 케이크를 갖는 건요?"

"다음 수업은 안 들을 거예요. 생각보다 수업이 별로라."

"저도요! 저는 요리보다 골동품 수집이 적성에 맞아요."

오다랑의 얼굴이 붉으락푸르락 달아올랐어.

'감히 내게 이런 모욕을 주다니! 용서 못 해! 이 두 녀석을 혼내 줄 방법이 없을까?'

순간 오다랑의 눈빛이 번뜩였어. 오다랑은 단호한 표정으로 말을 이어 갔지.

"승부는 냉정한 법이죠. 이긴 사람이 케이크를 가져간다면, 진 사람도 벌을 받아야겠죠? 벌은 바로 이것!"

오다랑은 냉장고에서 무언가를 꺼냈어. 그건 바로 얼굴이 벌겋게 달아오를 정도로 맵고 혀가 아프게 짜기로 유명한 오다랑표 고추장 주스와 간장 주스였어.

흐흐,
제대로 복수해 주마!
오대랑표 고추장 주스
오대랑표 간장 주스
색깔부터
살벌한걸?
저걸 마시면
입에서 불이 난다는
소문이 있던데.

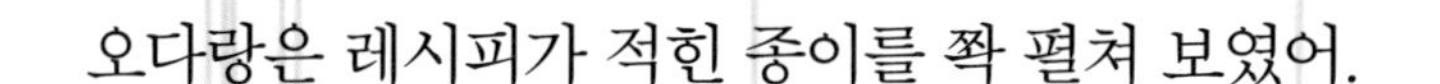

오다랑은 레시피가 적힌 종이를 쫙 펼쳐 보였어.

“첫 번째 요리는 싱싱한 꽃게를 넣고 끓이는 보글보글 꽃게 찌개!”

레너드 요원과 윌리엄은 오다랑의 레시피에 따라 찌개 요리를 시작했어. 윌리엄이 꽃게를 다듬다 말고 고개를 갸웃했지.

"근데 이 게는 수게인가요, 암게인가요?"

"아! 그럼 게의 암수 구별법부터 알려 줄게요."

"아닌데요!"

레너드 요원이 손을 번쩍 들며 소리쳤어.

"내가 구별법을 잘못 알고 있다는 건가요?"

"아뇨! 숫게가 아니라 수게라고요. 새끼를 배거나 열매를 맺는 쪽의 성(性)을 '암'이라고 하고, 그렇지 않은 쪽의 성은 '수'라고 하거든요. 수컷의 게는 수게가 맞죠."

얼마 후, 레너드 요원과 윌리엄은 꽃게 찌개를 완성했어. 오다랑은 두 사람이 만든 찌개의 맛을 보았지. 그런데 이게 웬걸! 두 찌개의 맛이 비슷비슷한 거야.

'둘 다 요리 실력은 짱이야! 하지만….'

내가 윌리엄한테
지다니 믿기지 않지만,
신사다운 태도로
결과를 받아들여야지.
오다랑표
고추장 주스
이까짓
주스쯤이야.
꿀꺽
꿀꺽
웩!

레너드 요원은 매운맛을 진정시키기 위해 우유를 벌컥벌컥 마셨어.
"이렇게 당하기만 할 순 없어!"
레너드 요원은 두 번째 대결을 재촉했어.
"어서 두 번째 요리를 시작해요!"
이번에는 꼭 이기겠다고 다짐했지.
꿀꺽
꿀꺽
꿀꺽
내가 고추장 주스를 먹고 싶었는데 아쉽게 됐네, 레너드.
그럼 두 번째 대결의 요리를 공개할게요!

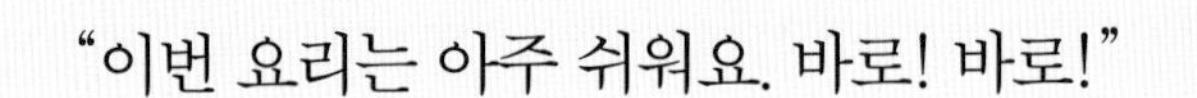

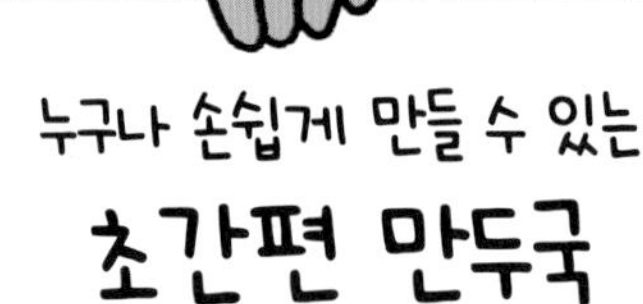

오다랑 님,
만두국이 아니라 만둣국이에요.
낱말과 낱말을 더해 새 낱말을 만들때,
'ㅅ' 소리가 덧붙곤 해요.
이걸 사이시옷이라고 하는데,
그래서 만두와 국이 더해져 만들어진
'만둣국'도 'ㅅ' 받침이 붙는거죠.

오다랑표
고추장 주스
오다랑표
간장 주스
오, 만둣국.
레너드으.
한 번이라도 그냥
넘어갈 순 없는 거야?

오다랑은 요리 대결을 서둘렀어.

“이러고 있을 시간이 없어요. 어서들 요리를 시작해요.”

오다랑은 간절한 표정으로 윌리엄을 바라봤어.

‘윌리엄, 제발 맛있게 만들어 줘. 부탁이야. 이번에야말로 맞춤법 잔소리쟁이 레너드를 간장 주스로 완전히 혼내 줄 기회라고!’

어느새 고소한 만둣국 냄새가 요리 교실을 가득 채웠어.

"자, 시간이 얼마 남지 않았어요. 제가 셋을 세면 요리에서 손을 떼세요. 하나! 둘!"

남은 시간이 줄어들수록 레너드 요원은 불안해졌지.

'이번엔 무조건 이겨야 되는데. 방법이 없을까?'

"셋!"

요리가 끝났어. 오다랑은 심사를 앞두고 걱정이 됐어.

'레너드의 만둣국이 맛있으면 어떡하지?'

오다랑은 두근거리는 마음으로 레너드가 만든 만둣국을 한 숟가락 크게 떠서 삼켰어. 그런데!

아직 간장 주스가 남았으니 누군가는 마셔야겠지? 맞춤법 미로를 무사히 통과해 간장 주스 대신 오다랑이 만든 딸기 케이크를 먹어 봐.

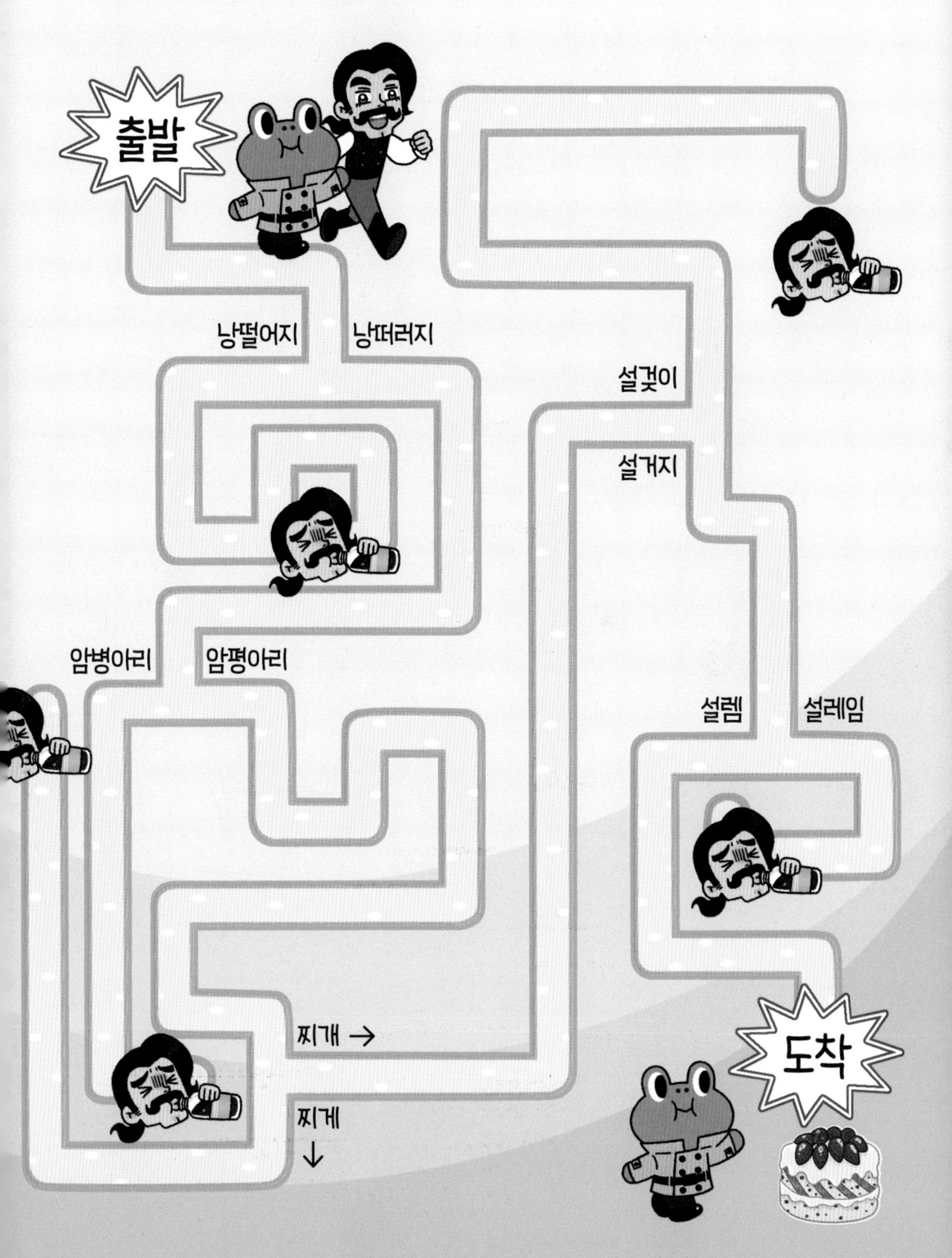

오다랑은 하루 종일 입에서 나는 민트 초코 냄새에 시달렸어. 민트 초코를 엄청나게 싫어하는 오다랑에게는 매우 괴로운 냄새였지.

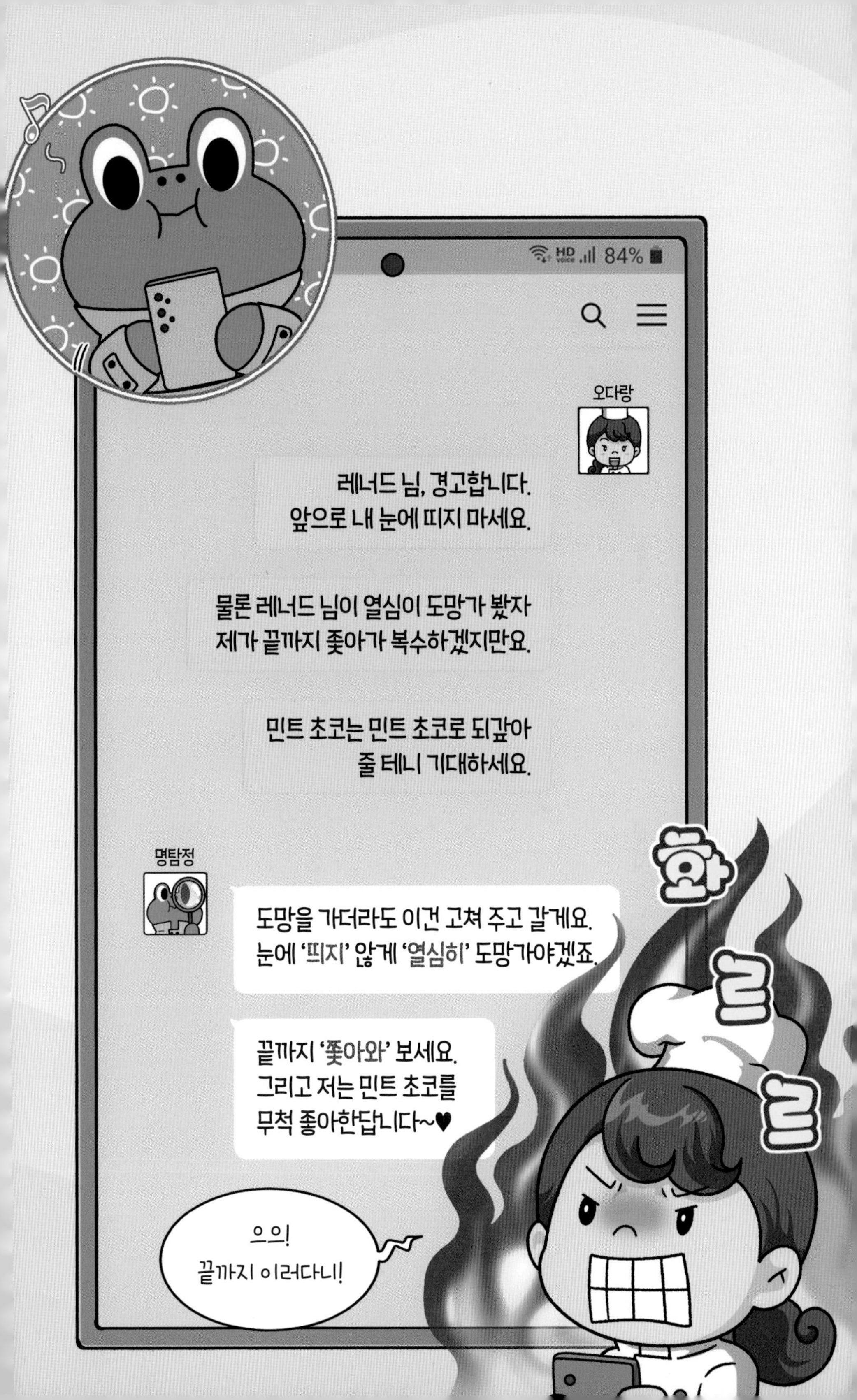

84%
오다랑
레너드 님, 경고합니다.
앞으로 내 눈에 띠지 마세요.
물론 레너드 님이 열심이 도망가 봤자
제가 끝까지 좇아가 복수하겠지만요.
민트 초코는 민트 초코로 되갚아
줄 테니 기대하세요.
명탐정
도망을 가더라도 이건 고쳐 주고 갈게요.
눈에 '띄지' 않게 '열심히' 도망가야겠죠.
끝까지 '쫓아와' 보세요.
그리고 저는 민트 초코를
무척 좋아한답니다~♥
화르르
으으!
끝까지 이러다니!

맞춤법은 언어를 글자로 적을 때 정해 놓은 약속이야. 레너드 요원과 함께 이야기 속에 나왔던 맞춤법을 다시 익혀 봐.

부치다 / 붙이다

'부치다'는 어떠한 기준에 모자라거나 미치지 못할 때, 또는 편지 등을 일정한 수단을 써서 상대에게 보낼 때 쓰는 말이야. 프라이팬에 달걀을 익혀서 달걀프라이를 만드는 일도, 부채를 흔들어서 바람을 일으키는 일도 모두 '부치다'라고 하지. 반대로 '붙이다'는 어떤 두 대상을 맞대어 떨어지지 않게 하는 일을 말해.

예 • 전학 간 친구에게 마음을 담은 편지를 부쳤어.
• 예쁜 스티커를 붙여서 다이어리를 꾸몄어.

찌게 / 찌개

보글보글 끓여 먹는 찌개는 '게'가 아니라 '개'로 써야 맞아.

예 • 책방 할아버지가 끓인 된장찌개는 참 맛있어.

익숙치 / 익숙지

'익숙지'로 쓰는 게 맞아. '익숙지'는 '익숙하지'에서 '하'가 줄어든 말이야. 이때 규칙이 있는데 '하' 앞에 오는 받침의 소리가 ㄱ, ㄷ, ㅂ이면 '하'가 통째로 줄어 완전히 사라지고, 그 외의 경우에는 남아서 '치'가 돼. '예상하지'가 줄어들어 '예상치'가 되는 것처럼 말이야.

예 • 윌리엄이 가져온 빵은 모두가 먹기에 넉넉지 않았다.
• 낭만 책방의 분위기가 심상치 않았어.

숫놈 / 수놈

생물에서 성별을 구분할 때 '암'과 '수'라는 말을 앞에 붙이곤 해. 보통은 암놈/수놈, 암꽃/수꽃처럼 '암-'과 '수-'의 형태 그대로 붙지. 하지만 '수'에는 몇 가지 예외가 있어. '숫염소', '숫쥐', '숫양'이 대표적이야.

예 • 목장에는 암소보다 수소가 더 많았다.
• 암쥐와 숫쥐를 구분하는 방법을 알아보자.

암병아리 / 암평아리

'암'과 '수'를 붙여서 쓸 때 알아 둬야 할 맞춤법이 또 있어. 몇몇 동물들은 앞에 '암'이나 '수'가 붙을 때 발음이 변하거든. 이건 옛날부터 내려오는 현상이야. 이러한 발음의 변화를 표기에도 적용해 '암평아리', '암퇘지', '수탉'이라고 써.

예 • 할아버지 집에는 암탉 한 마리와 수캐 한 마리가 있었다.

띄다 / 띠다

발음이 비슷해 헷갈리는 말들이야. '띄다'는 '뜨이다'의 준말로 눈에 보인다는 뜻을 가지고 있지. '띠다'는 몸에 끈을 두르거나 물건을 지니고 있다는 말이고. 빛깔이나 색채, 어떤 성질을 가지고 있을 때, 감정을 나타낼 때도 '띠다'라는 말을 써.

예 • 푸푸의 우리말 실력은 단연 눈에 띄었다.
• 나뭇잎이 노란색을 띠기 시작했다.

좇다 / 쫓다

'좇다'는 꿈이나 목표를 추구하거나 다른 사람의 말, 규칙 등을 따르는 것을 뜻해. '쫓다'는 어떤 대상을 잡기 위해 급하게 뒤를 따르는 것을 말하지.

예 • 윌리엄은 자기 꿈을 좇아 여행을 떠났어.
• 레너드는 수상한 자의 뒤를 쫓았어.

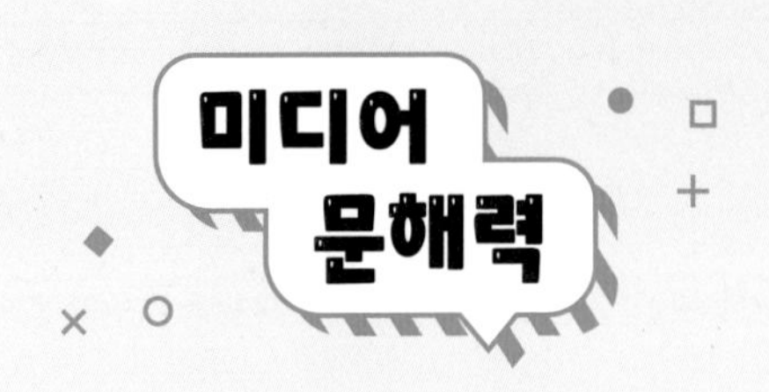

레너드 탐정을 찾는 사람이 많아지자
인터넷에도 레너드 탐정에 관한 정보가 올라왔어.

레너드 탐정

레너드 (탐정/유명인)

레너드는 미스터리 사건을 해결하는 명탐정이다.
레너드 탐정 사무소를 운영하고 있으며,
뛰어난 추리력으로 사건을 해결한다.
그래서 레너드 탐정에게 사건을 의뢰하려면
많은 돈을 내야 한다.
좋아하는 음식은 다크 초콜릿과 젤리다.

Q 인터넷에 올라온 정보를 대하는 태도로 가장 올바른 것을 골라 봐.

① 룰라송: 이 내용이 맞는지 레너드 님에게 확인해 봐야겠어요.
② 푸푸: 인터넷은 믿을 만한 정보를 쉽게 얻을 수 있어 좋아요.
③ 윌리엄: 레너드는 돈을 많이 벌겠군.
④ 할아버지: 레너드는 케이크를 더 좋아한다고 글을 올려야겠어.

정답

28p

57p

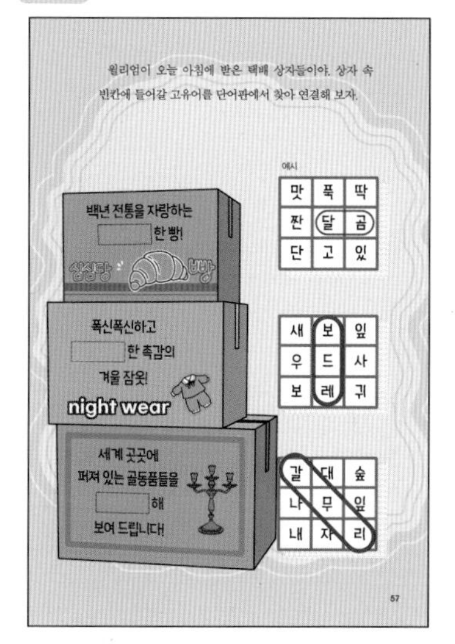

90-91p

121p

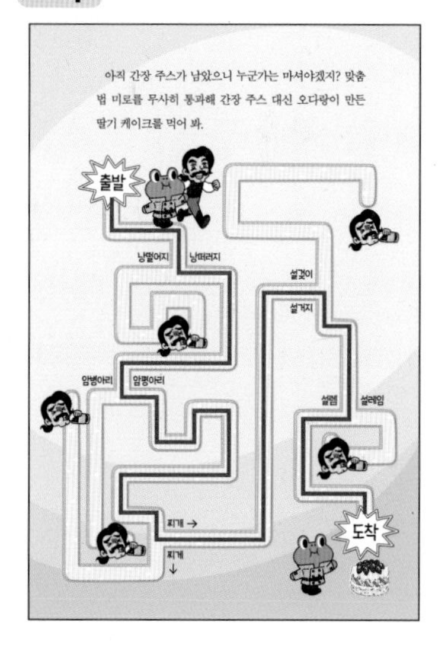

미디어 문해력

32p - ③ | 66p - ② | 96p - ③ | 126p - ①

다양한 SNS 채널에서
아울북과 을파소의 더 많은 이야기를 만나세요.

인스타그램 @owlbook21

페이스북 @owlbook21

네이버카페 owlbook21

네이버포스트 아울북 and 을파소

글 이향안 **그림** 라임스튜디오
초판 1쇄 발행 2025년 2월 5일
초판 2쇄 발행 2025년 3월 5일

펴낸이 김영곤
책임편집 권정화
프로젝트2팀 김은영 김지수 이은영 우경진 오지애 권정화 최윤아 **디자인** 김단아
아동마케팅팀 명인수 양슬기 최유성 손용우 이주은
영업팀 변유경 강경남 한충희 장철용 황성진 김도연
IPX 강병목 임승민 김태희

펴낸곳 (주)북이십일 아울북 **출판등록** 2000년 5월 6일 제406-2003-061호
주소 (우 10881) 경기도 파주시 문발동 회동길 201
연락처 031-955-2100(대표) 031-955-2441(내용문의) 031-955-2177(팩스) **홈페이지** www.book21.com
ISBN 979-11-7117-980-0 (74810)

＊책값은 뒤표지에 있습니다. ＊잘못 만들어진 책은 구입하신 서점에서 교환해 드립니다.

• 제조자명 : (주)북이십일
• 주소 및 전화번호 : 경기도 파주시 회동길 201(문발동) 031-955-2100
• 제조연월 : 2025년 3월 5일
• 제조국명 : 대한민국
• 사용연령 : 3세 이상 어린이 제품